मेहरू

एक तोहफ़ा

FanatiXx Publication
ISO 9001:2015 CERTIFIED

FanatiXx Publication

AM/56, Basanti Colony, Rourkela 769012, Odisha

ISO 9001:2015 CERTIFIED

Website: *www.fanatixx.in*

© **Copyright, 2019, कार्तिक ढूमावत & प्रियंका चौधरी**

All rights reserved. No part of this book may be reproduced, stored in a retrieval system, or transmitted, in any form by any means, electronic, mechanical, magnetic, optical, chemical, manual, photocopying, recording or otherwise, without the prior written consent of its writers.

"मेहरू - एक तोहफ़ा"

By: कार्तिक ढूमावत & प्रियंका चौधरी

ISBN: 978-93-89557-51-0

Collection of Hindi & Gujarati Poems, Shayris and Songs 1st Edition

Book Formatting: Saizal Gupta

Cover Designer: Sagar Samal

The opinions/ contents expressed in this book are solely of the author and do not represent the opinions/ standings/ thoughts of FanatiXx.

हँसता हुआ नूरानी चेहरा,
न जाने इनपे कितनो का पेहरा

लेखक परिचय

मैं कार्तिक ढूमवात एक लेखक हूँ |

आशा करता हूँ आपको मेरी शायरी लिखने का अंदाज़ पसंद आयेगा और मेरी दोस्त प्रियंका की कवितायेँ आपका दिल जीत लेगी |

रहने के लिए पुणे शहर और पेशे से व्यापारी हूँ | मेरी पहली किताब **'The Sunflower tales'** अमेज़ॉन स्टोर पे उपलब्ध हैं |

मुझसे संपर्क करने के लिए मेरी ईमेल - kartikdhumawatproductions@gmail.com

नंबर – 9518514306

लेखिका परिचय

गुजरात के मांडवी से शुरू हुई प्रियंका चौधरी की यात्रा के ढलते रास्ते में आपका स्वागत है, जहां उनका जन्म हुआ था । कुछ साल बाद ईस यात्रा ने सुरत की और एक दिलचस्प मोड़ ले लिया ।

प्रियंका का जीवन बहुत रहस्यमय और उसके लिए चुनौतीपूर्ण था लेकिन अब वह सुरत का आनंद ले रही है। वास्तु कला में स्नातक स्तर की पढ़ाई के साथ फेशन मोडलिंग में अपने जुनून का पालन कर रही है ।

ज्ञान अनुभव और खौज के साथ उनहोंने कविताओ की मदद से अपने भावों, विचार को लिखना शुरू किया है ।

वह उम्मीद करती है कि पाठक इस पुस्तक को तोहफा समजा के संजोये ।वैसे हमारे बड़े प्यार और टूटे दिल के किसी भी रुप की परवाह किए बिना कविताओ कि भावना को प्यार से पेश है ।

मुझसे संपर्क करने के लिए मेरी ईमेल - priyankadc2614@gmail.com

नंबर - 6354749526

कार्तिक ढूमावत

दो लाइन की शायरी

यह पान नहीं तेरा प्यार है,
कोई नहीं जैसा मेरा यार है।

उनकी यादों में एक ऐसा नशा है,
जिन्हें याद कर दिल यह ख़फा है।

तेरे दिल में मेरी दोस्ती को जगह मिल जाए,
तेरी हँसी पर यह दुनिया फ़िदा हो जाए।

एक ज़िन्दगी हमें मिली है,
अपनी एक दुनिया हम भी बनाऐंगे।

कीमत हज़ारों की होती है ,
पर हर कोई बिकाऊ नहीं होता।

हम कायर नहीं शायर है
जैसे एक गाड़ी के चार टायर है।

यह हवा नहीं यारा दवा है,
इस बात का यहाँ हर कोई गवाह है।

यह दाल नहीं पीला-पीला माल है,
क्या कहूँ हमारा क्या हाल है।

यह बेर नहीं शेर है,
जिसके आगे हर कोई ढेर है।

क्या कहूँ कि आपकी बातों में कुछ अलग ही
मज़ा है,
या यूँ कहूँ कि इन आँखों का सारा नशा है।

शायरी

न जाने कितने मोती बिखर जाएंगे,
जब रो पड़ोगी तुम
आँसू तुम्हारी आँखों से निकलेंगे,
दर्द हमारी धड़कनों को होगा।

जो मन भाए वो गीत,
जो दिल लुभाए वो ग़ज़ल
जो लोग भाए वो बातें,
जो हमें भाए वो आपकी प्यारी आँखें।

आँखें ऐसी की शराब
को भी नशा चढ़ जाए
सूरत ऐसी की
सीरत भी शर्मा जाए।

हम तो वो पैगाम है ,
जिन्हें शराब के मैख़ानों की भी ज़रूरत नहीं लेकिन,
असली पैगाम तो नशे में ही दिए जाते है ,
वरना मैख़ानों का शौक तो हमें भी नहीं।

लोग कहते थे उनको दक्षा,

जो करते थे मेरी रक्षा,

मिल गई एक ऐसी राही,

जिसे हम कहते थे अपनी अनाही।

अर्ज़ किया है,

'क्या कहूँ आपके लिए,

लफ़्ज़ कम पड़ जाते है,

जिनकी आँखें इतना कुछ कह दे,

उन्हें लफ़्ज़ों का तोहफ़ा क्या दूँ।'

'बिक गई मेरी दोस्ती,
जब हँस पड़े तुम
हर फ़िज़ा महक उठे ,
जहाँ भी जाओ तुम।'

खरीद लिया खरीदने वालों ने,

बेच दिया बेचने वालों ने,

इन्साफ़ का एक ज़माना ऐसा भी था यारों ,

न सिर झुकता था, न ईमान बिकता था।

शायर हूँ यारों, शायरी के लिए,

लेखक हूँ यारों, लिखाई के लिए,

कवि हूँ यारों, कविओं के लिए,

और एक दोस्त हूँ यारों, दोस्ती के लिए।

यूँहीं आपसे बातें करते रहे,

कहीं आपकी बातों की आदत न पड़ जाए,

यूँहीं आपसे मिलने की फ़रियाद करते रहे,

कहीं आपसे मोहब्बत न हो जाए।

मेरी फ़रियाद है तू,
तुझमें मदहोश हूँ मैं।
मेरी रुबाई है तू,
तुझमें सरफ़रोश हूँ मैं।

ये ज़िन्दगी की राहें रुक गई है,
ये साँसों की आहट थम गई है,
आपके चले आने से
मेरे दिल की इबादत मुस्कुरा उठी है।

रहती है आप हमसे मीलों दूर ,
दिल तरस जाता है आपसे मिलने के लिए,
होती अगर पास मेरे,
ईने की तरह नज़र रखता आप पर।

इस ज़माने की सारी हसरतें एक तरफ,
और तुम्हारी हँसी एक तरफ
फूलों की खुशबू की तरह,
तुम्हारी यादें हर तरफ।

दिनों में सबसे अज़ीज़ ,
आज तेरा जन्मदिन आया।
साथ अपने सबसे रईस,
मेरा यह पैगाम लाया '
जन्मदिन मुबारक हो

किसी की याद आए तो ,
कैसा लगता है यह न पूछो सनम ,
क्योंकि यादें तो होती ही है अज़ीज़,
यारा सबसे अज़ीज़।

ज़िन्दगी के सफर में कोई नहीं अपना,

मौला एक तू ही है, तेरे बिना न कोई अपना,

बूँद - बूँद की आस में, मैं हूँ ठहरा,

कहीं खो न जाऊँ, बूंदों की तरह।

पानी की तरह बहते है आँसू,

कहीं पानी में खो न जाऊँ।

सागर में जैसे मिलते है मोती,

कहीं मोतियों की तरह बिखर न जाऊँ।

सुबह उनकी साँसों का मेहकना,

शाम में उनकी बाहों का बहकना,

उनकी यह आँखें है,

या मेरे दिल की रुबाई,

उनकी यह बातें है

या मेरे यारा की खुदाई।

वो रात थी दीवानों री,

वो महक थी मैख़ानों सी,

कुछ पल थे यादों के,

एक ज़िन्दगी थी यारों,

गुमनाम राहों सी।

उसके हाथ थे इतने नरम,
जैसे मौसम हो कोई गरम,
उसने प्यार से छू लिए,
बिना कोई भी शर्म।

चम चमाती दुनिया बहार से,
अंदर से सभी ख़ोखले से,
तस्वीर हँस्ती दिखती है सबकी,
लेकिन उस तस्वीर के पीछे न जाने
कितने भेद छुपे हुए है।

24

गानों का संग्रह

ज़िन्दगी का पहलू

ज़िन्दगी का पहलू,

छोड़ कर सब कुछ यहीं,

जाना है न जाने कहा

ज़िन्दगी का पहलू है,

न बदला है न बदलेगा।

जिन यादों में माँ-बाप ना हो,

वो यादें ही किस काम की,

जो कमाया हो वो भी अपना ना हो,

वो कमाई भी किस काम की,

ज़िन्दगी का पहलू है,

न बदला है न बदलेगा।

जिन रास्तों से रोज़ गुज़रते है,

वो रास्ते भी अपने नहीं,

जिन गलियों में रोज़ घूमते है,
वह गलियाँ भी अपनी नहीं,
ज़िन्दगी का पहलू है,
न बदला है न बदलेगा।

वादा

वादा करके न यूँ रूठ जाना जानेमन ,

प्यार करके न यूँ भूल जाना जानेमन,

प्यार करते है और करते रहेंगे सदा,

बस तुम यूँहीं मुस्कुराती रहना

ओ मेरी जानेमन , ओ मेरी जानेमन,

ओ मेरे जानेमन , ओ मेरे जानेमन।

दूर जाओगे जब भी आप हमसे ,

रूठ जाऐंगे हम यूँ आपसे,

की फिर न लौट कर कभी आऐंगे,

चाहे कितना भी क्यों न मना लो हमें।

मीलों की दूरियाँ

रहती है आप हमसे मीलों दूर,

रहते हो आप हमसे मीलों दूर,

दिल तरस जाता है आपसे मिलने के लिए,

ओ मेरा दिल तरस जाता है आपसे मिलने के लिए।

फूलों में महकते हुए,

कलियों की खुशबू में तुम हो,

सावन में बरसते हुए,

बारिश की बूंदों में तुम हो,

मेरा दिल तरस जाता है आपसे मिलने के लिए,

ओ मेरा दिल तरस जाता है आपसे मिलने के लिए।

इश्क़-ऐ-ख़ुदा

इश्क़ ऐ ख़ुदा जितना भी जी लूँ,

कम है ख़ुदा तेरी इस दुनिया में

ज़िन्दगी मेरी जितनी भी जी लूँ,

कम है ख़ुदा तेरी इस दुनिया में।

या अल्लाह,

रेहनुमा है तू,

दिल की यह,

हो मेरे दिल की यह बातें

समझता है तू,

मौला समझता है तू।

कविताएँ

कोई किताबें पढ़ता हैं
कोई आँखें,
हम अपनी ज़िन्दगी बिता रहे
लोगों के चेहरे पढ़ने में |

बहना

मेरी बहना की कहानी,
जैसे बहते नदी का पानी।
बहना की मुस्कान,
जैसे किसी सुनार की हो दुकान।

मेरी वो बहना।
जिसके बिना न आये मुझे चैना,
अब उस लम्हें का क्या कहना,
जिस लम्हें में उनका न रहना।

जो राखी पे याद आए वह बहना,
जो दिवाली पे लोग पहने वह गहना।
बस अब और क्या कहना,
बीती जाए यह रैना।

सफर-ऐ-ज़िन्दगी

सफर है ये ऐसा,
न कोई याद आए जैसा,
वक़्त है न जाने कैसा।

ज़िन्दगी की राहें रुक सी गई है
साँसों की आहट थम सी गई है।

हर लम्हें में एक नया गीत है,
हर मौसम की एक नई रीत है।

लिखता हूँ मैं आज कोरे कागज़ पर,
आपसे हसीं न कोई है न होगा,
कहता हूँ मैं आज इन हवाओं से,
हमारे जैसा दीवाना न कोई है न होगा।

कहना बहुत कुछ था आपसे,

पर कभी मौका नहीं मिल पाया

न जाने कैसा दस्तूर है ज़िन्दगी का,

लिखना बहुत कुछ था आपके लिए,

पर कभी वक़्त नहीं मिल पाया।

उनकी प्यारी बातें

एक शाम हम यूँहीं उनके साथ बैठे
बातें कर रहे थे की ,
उनकी बातों से रात कब बीत गई,
पता ही न चला ।

हमने सोचा इस एहसास को
कुछ लफ़्ज़ों में बयाँ करते हैं

गौर फरमाइएगा,
तो अर्ज़ किया है,
क्या कहूँ की आपकी यह बातें भुलाईं नहीं जाती,
या यूँ कहूँ की ये रातें आपकी बातों से बिताई नहीं जाती
।

अनजान राहें और उनकी निगाहें

उस रात का क्या कहूँ यारों,
हम अंजान राहों पर चले जा रहे थे।

हम यूँहीं राहों से गुज़र रहें थे,
की उनकी राह मिल गई,
पर इससे पहले की हम कुछ कह पाते,
उनकी निगाहें हमारी निगाहों से मिल गई।

यह कैसा नशा है जो उतरता ही नहीं,
यह कैसी शामें है जो ढलती ही नहीं,
क्या कहूँ की उनकी बातों में कुछ अलग ही मज़ा है,
या यूँ कहूँ की उनकी आँखों का सारा नशा है।

प्रियंका चौधरी

कविताएँ

बिखरे हुए सपने बटोरने मैं बीत जाती है रात

जीने की मजबूरी मैं खत्म होता है दिन।

कभी बेवजह जी कर देख लिया

कभी किसी को वजह बना कर देख लिया।

गलती सिर्फ एक थी,

खुद के लिए नहीं जिया।

कभी कहानियों पर यकीन कर लिया,

कभी किताबों पर यकीन कर लिया।

गलती सिर्फ एक थी,

हकीकत को अनदेखा कर दिया।

अब खुद से इतनी जुदा हूं कि,

गैरों की गुलाम है पहचान मेरी।

गलती सिर्फ एक थी,

बेगानों के हाथ में खुशी को लगाम दे दिया।

सूरज की अंतिम किरण को ना तू

अपना साथी बना

उजालों के साथ मिलकर एक नया जहां बसा,

किसी और के लिए अपनों को ना तू बेगाना बना

खुद दर्द सह मगर उन्हें प्यार से गले लगा,

महफिल में रहकर अपने आपको ना तो तन्हा बना,

जो ना मिल सका उसके लिए

तू आंसू ना बहा,

पतझड़ ही तो बसंत का पैगाम है,

संध्या के ही तो गोद में छिपा प्रभात है,

मुश्किलों से लड़ कर

जिस दिन तू अपनी मंजिल पाएगा,

उस दिन सारा जहां तेरा अपना हो जाएगा।

तुम मुझे गले लगाने के बहाने ढूंढा करते थे

और मैं छूप जाया करती थी

उन हजारों बाहनों में से

एक बहाना आज भी तो होगा ना

मुझे फूलों से सजाने के नुस्ख़े आजमाया करते थे

और मैं रूठ जाया करती थी

उन हजारों नुस्ख़ों में से

एक नुस्खा आज भी तो होगा ना

तुम मुझे सताने के जरिए किया करते थे

और मैं समझ नहीं पाती थी

उन हजार जरियो मे से

कोई एक जरिया आज भी तो होगा ना

कोई हमें भी बताओ अदालत का पता

जहां दिल की ख्वाहिश शिकायतों की,

सुनवाई होती हो,

अब यह सहा नहीं जाता कि,

तुम बेवफाई पर उतर आए हो |

कोई हमें भी बताओ उस खुदा का पता,

जहां उम्मीद की रोशनी,

जलाई जाती हो |

अब यह सहा नहीं जाता कि,

तुम किसी की बाहों से उठ कर आए हो |

कोई हमें भी बताओ उस मंजर का पता,

जहां दिल से भूल ना पाए तो सांसे,

निकाल ली जाती हो |

अब यह सहा नहीं जाता कि,

तुम किसी की जिंदगी में उतर गए हो |

ओ बेखबर दिल कभी तेरा हुआ करता था

वह आज सरेआम बिक रहा है

अगर आज भी ना आया तू

तेरा ना होगा अगली बार

ओ बेखबर जो जिस्म कभी तेरा हुआ करता था

आज अकेले आए भर रहा है

अगर आज भी ना आया तू

तेरा ना रहेगा अगली बार

ओ बेखबर जो वक्त कभी तेरा हुआ करता था

तो आज जिंदगी के साथ बह रहा है

अगर आज भी ना आया तो

तेरा ना रहेगा अगली बार

आज एक सच मुझे बताओ ना

क्या मेरी जिंदगी तबाह करने का ठेका तुमने लिया था क्या

क्या पा लिया तुमने खुद को मार के

मेरे अंदर तो तुम ही जिंदा हुआ करते थे ना

आज एक सच मुझे बताओ ना

क्या वादा तोड़ने का हर्जाना तुमने लिया था क्या

क्या पा लिया तुमने खुद को बर्बाद करके

मेरे ईमान की जागीर तो तुम ही हुआ करते थे ना

गिरते हुए भी तेरा नाम लिया था

याद है मुझे वह कयामत

जब तुझे मेरी तड़प से ज्यादा

अपने सपनों की है अहमियत थी

डरते हुए भी तुझसे प्यार किया था

याद है मुझे वह लमहे

जब तुझे मेरे जज्बातों से ज्यादा

अपनी गुरुर को अहमियत दी थी

मरते हुए भी तेरा नाम लिया था

याद है मुझे वह मंजर

जब तुझे मेरी जिंदगी से ज्यादा

अपने वक्त को अहमियत दी थी

तू मुझे यह किस भंवर मैं छोड़ गया

नहीं थी मोहब्बत तो बता दिया होता

जिस्म के साथ-साथ

दिल से भी खेल गया

तुम मुझे यह किस राह पर छोड़ कर गया

नहीं थी मंजिल में तुम्हारी बता दिया होता

वादों के साथ-साथ

ईमान से भी खेल गया

तेरा वह बादलों को ताकते रहना

फिर गहरी सांसे भरकर

मेरी और एक नजर देख लेना

तेरा वह धीरे से मुस्कुरा लेना

मीठी सी मुस्कान समेट कर

इशारों में बातें बोल देना

तेरा वह आधी रात को जगा देना

फिर हमें मुझे समेट कर

उंगलियां बालों में घुमा देना

तेरा को बच्चों की तरह रो देना

शिकायत करना दिल खोलकर

हल्की से आंसुओं से रो देना

शुक्रिया खुदा उसकी अदाओं का

मुझे उसकी जिंदगी बना देना

तुम मेरी ख्वाहिश थे यह कबूल करते हैं

आज यह दुनिया से तुम्हारी

चर्चा सरेआम करते हैं

हम क्या थे तुम्हारे लिए यह नहीं जानते

तुम्हें जिंदगी बनाने का अफसोस हम आज किया करते हैं

तुम मेरी मंजिल थे यह कबूल करते हैं

आज यह दुनिया से तुम्हारी

चर्चा सरेआम करते हैं

हम क्या थे तुम्हारे लिए यह नहीं जानते

तुम्हें अपना रास्ता बनाने का हर्जाना हम रोज भरते हैं

तुम मेरी मोहब्बत थी यह कुबूल करते हैं

आज यह दुनिया से तुम्हारी

चर्चा सरेआम करते हैं

हम क्या थे तुम्हारे लिए यह नहीं जानते

तुम्हें बेईमान ठहराने का दावा हम आज करते हैं

तनहाई ने सिखा दिया है

अकेले गुजारा करना।

तुम्हारे प्यार की जरूरत नहीं है,

लौट कर तू कभी मत आना।

बेवफाई ने सिखा दिया है,

ऊपर भी भरोसा ना करना।

तुम्हारे नसीहत की जरूरत नहीं है,

लौट कर तू कभी मत आना।

दर्द ने सिखा दिया है,

मुश्किलों में मुस्कुराना।

तुम्हारे सहारे की जरूरत नहीं है,

लौट कर तू कभी मत आना।

बेरुखी ने सिखा दिया है,

अजनबी से दिल लगाना।

अब तुम्हारी मोहब्बत की जरूरत नहीं है,

लौट कर तू कभी मत आना।

चेहरे से ना किया करो तुम मेरी पहचान

सख़्ती के पीछे ढकी हुई कहानी मिलेगी

कभी आंखों में भी झांक लिया करो

लफ्जों से ना किया करो तुम मेरी पहचान

मुस्कुराहट के पीछे टूटी हुई उम्मीद मिलेगी

कभी खामोशी में भी झांक लिया करो

औकात से ना किया करो तुम मेरी पहचान

रूतबे के पीछे बिक्री हुई जिंदगी मिलेगी

कभी इंसान के अंदर भी झांक लिया करो

तुम्हारी यादों के डर से,

मैं शहर नहीं बदलूंगी,

गलती से मिल गए तो,

अधूरी मोहब्बत छोड़ जाने का अंजाम दिखाना तो पड़ेगा |

तन्हाई भरे इस दिल से,

मैं अपने ख्वाब नहीं बदलूंगी,

कहीं तुम्हारे ख्वाब टूट गए तो,

अधूरे ख्वाब छोड़ जाने का अंजाम दिखाना तो पड़ेगा |

तुम्हारी बेवफाई के डर से,

अपनी मोहब्बत नहीं बदलूंगी कहीं गलती से,

उसने तुम्हें छोड़ दिया तो,

को तोड़ जाने का अंजाम दिखाना तो पड़ेगा |

कभी भी मैं हार जाती

तुम होते थे मेरे पास

हार का गम भुलाने के लिए

पर आज जब मैं हार गई, तुम नहीं थे मेरे पास

पर आज एहसास यह हुआ मुझे

हार को बुलाना ही क्यों है

क्यों ना हार की सीढ़ियां बनाकर जीत का ऐलान किया जाए

कभी भी मैं टूट जाती

तुम होते थी मेरे पास

मेरे दिल को संभालने के लिए

पर आज जब मैं टूट गई, तुम नहीं थे मेरे पास

पर आज एहसास यह हुआ मुझे

दिल को संभालना क्यों है

क्यों ना ठोकरे खा कर खुद को काबिल किया जाए

बोली लगा रहे हैं आज हम

लफ्जों के इस बाजार में

वह हर एक ख्वाबों की

जो तेरे साथ देखा करते थे

खामोश से हो गए हैं आज हम

इस भरी महफिल में

वह मासूम सी गुफ्तगू

जो अकेले में तेरे साथ किया करते थे

जीने की वजह खो रहे हैं आज हम

भुला दिया तेरे दीवानेपन में

वह बेशकीमती सा इश्क मेरा

मेरी धड़कनों में तुझे समाया करते थे

किसी ना किसी मकसद से हम मिले हैं ना

तुम मेरे हो और मैं तुम्हारी

यह तुम कह दो ना

ऐसे आए तो बहुत थे

अनेकों तुम्हें अच्छी लगे

मुझे तुम्हें मिला दो ना

मुझे अपना बना लो ना

बिना किसी बहाने से हम लड़े हैं ना

तुम मेरे हो और मैं तुम्हारी

यह तुम कह दो ना

ऐसे उलझे तो बहुत थे

तुम्हारे आशियाने में सुलझ लगे हम

मुझे तुम

मिला दो ना

मुझे अपनी बाहों में भर लो ना

किसी ना किसी गीले से आज हम जुदा है ना

तुम मेरे हो और मैं तुम्हारी

कि तुम कह दो ना

मुझे अपनी जान करार दो ना

वापस अपनी जिंदगी बना लो ना

आज एक समझौता फिर करते हैं।

रिश्तो के गिले-शिकवे दूर करते हैं।

तेरे मेरे दरमियां में,

अभी तो बहुत कुछ है बाकी,

चलना आज नहीं एक शुरुआत करते हैं।

वक्त ना गवाह दुनिया की बातों में

अभी तो मंजिल पहुंचना है बाकी,

चलना आज नहीं एक राह पर चलते हैं।

भूल जाओ तुम मुझ में कुछ ऐसे

जैसे पहले मिलना हो बाकी,

चलना आज नहीं एक इश्क की कहानी शुरू करते हैं।

है तुम्हारी तस्वीर और तुम नहीं

तुमसे मिलने को तरस रहा है तन मन मेरा

और तुम नहीं

देखती हूं राहों पर मुड़ मुड़ के

मचल रहा है दिल मेरा

दूर से कोई आ रहा है मगर वह तुम नहीं

है चांद तारे आसमान में, सुबह का सूरज भी आ गया

और तुम नहीं

वापस कब आओगे मेरी जिंदगी में

जैसे वह पहली मुलाकात में आए थे

इंतजार करूंगी ता उम्र में

चाहे तुम कहो मैं तुम्हारा नहीं

जीना है मुझे जिंदगी के साथ

झूमती हूं मैं सरगम के साथ

हवाइयां है मेरी सहेलियां

तितलियों से रंग बदलती हूं मैं

पंछी के साथ मेरी उड़ान अनोखी

जीना है मुझे जिंदगी के साथ

सागर की तरंगे मेरे मन में लहरें

ना जाने कैसी ख्वाहिश मेरे मन में

की फितरत से अनजान हूं मैं

इस जहान में मुझे खेलने दो

जीना है मुझे जिंदगी के साथ

बात मेरी माने ना कोई

अपनी मनमानी करती हूं मैं

पीना राह की मंजिल मेरी

फिर भी आगे बढ़ती हूं मैं

जीना है मुझे जिंदगी के साथ

बैठी हूं उन गलियों में अभी भी,

जहां वापस आने के वादे से तुम छोड़कर गए थे

वापस आओगे यह मालूम था

पर कमबख्त दिल यह कहां जानता था

कि तुम किसी और के हो चुके हो

बटोर रही हूं उन बिखरी सांसों को अभी भी,

तेरे मुंह मोड़ने से बिखर गए थे

वापस आओगे यह मालूम था

पर कमबख्त दिल यह कहां जानता था

कि तुम किसी और के ख्वाब में बुन चुके हो

शिकायते नहीं है दिल में अभी भी

मोहब्बत दिल में जगा कर जो गए थे

वापस आओगे यह मालूम था

कमबख्त दिल यह कहां जानता था

अपना दिल तुम किसी और को दे चुके हो

दिखावे की भीड़ में गुम सी हो गई मैं

क्योंकि रास्ते में सपने जो मिल गए थे

मुश्किल है खुद को ढूंढ पाना,

रास्ते हकीकत के बांध नजर आते हैं |

सुकून की रात से जुदा सी हो गई मैं,

क्योंकि आंखों में एहसास जो मिल गए थे |

मुश्किल है पलकें झुकाना,

अपने अब कुछ पर आए नजर आते हैं |

तुझे अब गलती से भी नहीं लाना अपने ख्यालों में

मुश्किल तो है

पर तेरी बेरुखी का सहारा जरूर लेंगे

तुझे अब गलती से भी नहीं लाना अपनी बातों में

मुश्किल तो है

पर तेरी बेअदबी का सहारा जरूर लेंगे

तुझे अब गलती से भी नहीं लाना अपनी बाहों में

मुश्किल तो है

पर तेरी दूरियों का सहारा जरूर लेंगे

सूखे पैड़ कुदरत में नया रंग भर सकते हैं

यकीन नहीं ना

पतझड़ के बाद वही पैड़ को सुंदर कहां जाता है

टूटा हुआ सपना ही नया सुरूर आता है

यकीन नहीं ना

तो टूटा हुआ तारा की उम्मीद लेकर क्यों आता है

टूटा हुआ इंसान ही नया बदलाव ला सकता है

यकीन नहीं ना

टूटे दिल वालों को जीतने की मूरत क्यों मनाया जाता है

एक चहेरा है नूर सा

तारुफ़ कैसे करवाऊ

मैं उसको नहीं जानती

बस देखा है उसे दूर से

पास जाती हूं महसूस होता है सुकून सा

तारुफ़ कैसे करवाऊ

मैं उसको नहीं जानती

बस मुस्कान को देखा है दिल से

एक दिन वह दौड़ कर पास मेरे आया बेचैन सा

तारुफ़ कैसे करवाऊ

मैं उसको नहीं जानती

गुब्बारा पकड़ा रहा था भूख लगी थी उसको जोरों से

उसके पास दिल था सुलझा सा

तारुफ़ कैसे करवाऊ

मैं उसको नहीं जानती

कुछ सिखाने आया था बड़ी दूर से..

खामोशी से चल रही थी

कहानी मेरी,

तेरे आने से धड़कनों में शोर सा मच गया |

तू एक खुशबू की तरह आया और मौसम ही बदल गया |

वीरान सी चल रही थी

जुबान ए मेरी,

तेरे आने से लफ्जों में

जज्बात घुल से गए

एक लहर की तरह आया |

और किनारा ही समेट लिया |

बड़ी खुशी से कट रही था

सफर मेरा,

तेरे आने से जिंदगी में,

हलचल सी मच गई

रात के ख्वाब की तरह तू आया |

सुबह होते ही टूट गया |

चेहरे की नक़ाबि का
क्या कहना मेरी जान
पहचान नहीं पायी
इतने करीब हो कर भी
दिल के भोलेपन का
क्या कहना मेरी जान
समझ नहीं पायी
इतना गहराई से पढ़कर भी
लब्ज़ों की ख़ामोशी का
क्या कहना मेरी जान
सुन नहीं पायी
तुझे अपना बनाकर भी

बंजर सी पड़ी थी जमी मेरी,

तू आया वो पहेली बारिश लेकर।

सो सी गयी थी सांसे मेरी,

तू आया वो नयी उम्मीद लेकर।

बेराग सी हो गयी थी गज़ले मेरी,

तू आया वो नया ठनक लेकर।

अकेला सा हो गया था वजूद मेरा,

तू आया वो ना टूटने वाला साथ लेकर।

खुदा ने भी सुन ली दुवा मेरी,

तू आया वो बंदगी बनकर।

मे वो हिस्सा हु तुम्हारा

जो तुम बड़ी शिद्दत से निकलना चाहते हो

पर कभी मुझे पढ़ लेना

तुम तो मेरी जिंदगी सी किताब हो

शिकयत नहीं है तुमसे

पर कही गुम जाओ

तुम तो खुद को मुझ मे ढूंढ सकते हो

मे हु किस्सा हु तुम्हारा

जो तुम बड़ी चाव से भूलना चाहते हो

कभी पीछे मुड़कर देख लेना

हिदायत नहीं है तुमसे

तुम तो मेरी बंदगी की आयात हो

अगर ये दर्द की कोई सूरत होती तो

तुम्हे दिखा देते

हमें पूरा यकीन है

तुम वो भयानक मंज़र से डर जाते

अगर ये प्यार की कोई सूरत होती तो

तुम्हे दिखा देते

हमें पूरा यकीन है

तुम वो क़यामत कभी ना लाते

अगर ये रुसवाई की सूरत होती तो

तुम्हे दिखा देते

हमें पूरा यकीन है

तुम वो एहसास सेह नहीं पाते

बैठे तो है हम
सायरो की महफ़िल मे
पर डर यही है की गलती से अपने दर्द ना बया हो जाये

मुस्कुरा तो रहे है हम
दोस्तों के काफिले मे
पर डर यही है की गलती से आंखे नम ना हो जाये

चल तो रहे है हम
ज़िन्दगी के सफर मे
बस डर यही है की गलती से तुम्हारा वापिस मिलना ना हो जाये

उसको सवालात पसंद नहीं

ये गुस्ताखी आज कर ही लेते है

बताओ क्या तुम्हे सच मे मोहोब्बत थी या

दिल बहलाने का जरिया

उसको शिकायत पसंद नहीं

बतावो क्या तुम्हे सच मे चाहत थी या

अपने जिस्म की जरुरत पूरी करते थे

बदनामी का कोई वक़्त नहीं होता जनाब

चुभने लगो अगर किसी को

तो समझ ली जी ये पैगाम है

बईमान की कोई सीरत नहीं होती जनाब

बढ़ाने लगो जिंदगी मे किसी के आगे

तो समझ ली जी ये पैगाम है

सफलता का कोई निशान नहीं होता

मुश्किल मे मुस्कराने लगो अगर

तो समझ ली जी ये यही पैगाम है

ગુજરાતી કવિતાઓ

મન રહયું છે શોધતું

કયા વસી છે તું, કયા વસી છે તું?

ઝરણાં ના એ ખ

વહેતા પાણીમાં કે પછી આકાશ ગરજ મા

મન બની ચાતક, રહયું છે શોધતું

કયા વસી છે તું, કયા વસી છે તું?

અરે હા! ઉર – વસી છે તું .

પાનખર ના એ વેરાન મા કે પછી વસંત ની મૌસમ મા

[7]મન બની હિમ, રહયું છે થીજતુ

કયા વસી છે તું, કયા વસી તું

અરે હા! ઉર – વસી છે તું

આંખો ના એ સપના મા કે પછી મનના ગાંડપણ મા

મારા મા તારુ લોહી રહયું છે ધબકતું

કયા વસી છે તું, કયા વસી તું

અરે હા! ઉર – વસી છે તું

એવા તો ક્યા તીરે વિધાઈ છું કે

દુઃખ પણ પોતાનો અખતારો લાગે છે

તારી વાતો સમજવું હતું મારે

પણ, તારી વાતો નો વળાંક અજીબ લાગે છે.

આકાશ માં ઘર બાંધવાની

માનમાંની કરી હતી में

આકાશ ના છેડે ક્ષિતિજ નો ઘેરો લાગે છે.

એવું તો શું જોઈએ જિંદગી પાસેથી

કે તારો સથવારો અધૂરો લાગે છે.

સવારનું ધુમ્મસ ફુલો પર
સમજે જળમોતી થી
એજ અસર તારી નજર કરી ગય
હવે દરેક પટચિત્રમા, તારો પડછાયો છે
બાકી કસર તારુ હાસ્ય પુરી ગયુ
રાત ના સતાવતી સિંહાસન પર
સજે તું યાદો થી
એ જ રાજાશાહી મને ગુલામ કરી ગય
હવે દિલ ના દસ્તાવેજ મા
તારી હુક્મતો છે
બાકી કસર તારી વાતો પુરી ગયુ

એક જ ચહેરો રાખજે મનમાં

નજર રાખજે કાબુમાં

સરખી ઝંખના ની વેદના મા ,નિહાળીશું

એક જ યાદ રાખજે દિલ મા

મને રાખજે મનમાં

સરખી સમયની ફુરસદ મા , જીવીશું

એક જ તરસ રાખજે શરીરમાં

અતૃપ્ત રહેજે વિરહમાં

સરખી લાગણી ના વરસાદ મા પલળીશું

હોઠો પર જયારે ગીતના

ગુનગુનાહટ પરોવુ છુ

તારા ધબકારા નો અવાજ મનમાં રમે છે

અણસાર થાય જયારે પગલાં ના

પડછાયા ને ઘેરું છુ

તારી જ કવિ નો આકાર દિલ ચીંઘે છે

તન પર જયારે વરસાદ ના

લિબાસ ઓઢુ છુ

તારી જ નજર નો આભાસ અરીસા સમો તરે છે

હુ પતંગ સમી ઉડતી રહું

બસ કોઈ મારો દોર પકડી રાખે

ચર્ચો નો વિષય ગમે તે હોય

બસ મારા વિચાર એને જકડી રાખે

હુ હવા માફક વહેતી રહું

બસ કોઈ મને મહેંકતો રાખે

વફા, બેશક જે પણ હોવ

બસ મારા અસ્તિત્વ ની હથકડી રાખે

હુ વર્ષો ની જેમ વરસતી રહું

બસ કોઈ બંધ બાંધવાની હિંમત રાખે

ખોટી, સાચી જે પણ હોવ

બસ કોઈ મારા અંદર ના હુ ને જાળવી રાખે

અથડાયા કરે છે વાદળો આભમાં

વેરાયેલા છે લાગણીઓ મનમાં

ટહુકા કરે છે મોર તાન મા

વણાય છે અક્ષરો શબ્દો મા

ટીપાં પડે છે ખુલ્લા વાળો મા

ભરાય છે ખાલીપો મનમાં

આંખો ફરકે છે ચારે કોર મા

તણાઈ છે નજરો પકૃતિ નવરંગ મા

તન પલળ્યા કરે છે પાણીની ધાર મા

વરતાય છે હુ પોતાના સ્મરણ મા

ધબકારા વધી જાય છે દિલ મા
તારા આવવાના આગમન પહેલા

નજરો ઝુકી જાય છે શરમ મા
તારી નજર ને મળે એ પહેલા

બ્દો ખરી જાય છે રસ્તામા
તારા સુધી પહોંચે એ પહેલા

ક્ષણો વહી જાય છે જીવન મા
સંબંધ ના નામકરણ પહેલા

You can contact the Publisher at:

www.fanatixx.in

www.ingramcontent.com/pod-product-compliance
Lightning Source LLC
LaVergne TN
LVHW091209180726
843490LV00007B/2678